Amor como la sal

Recontado por Logan Avery
Ilustrado por Turine Tran

¿Me aman?

¡Te amamos, padre!

Te amamos como al oro.

¡Muy bien!

Te amo como a la sal.

¡Eso no está bien!

La sal es buena.

La sal le da más
sabor a la comida.

¡Igual el amor le da
más sabor a la vida!

Te amo como a la sal.

Créditos de publicación

Rachelle Cracchiolo, M.S.Ed., *Editora comercial*
Nika Fabienke, Ed.D., *Directora de contenido*
Véronique Bos, *Directora creativa*
Shaun Bernadou, *Directora de arte*
Stephanie Loureiro, *Editora asociada*
Caroline Gasca, M.S.Ed., *Editora superior*
Jess Johnson, *Diseñadora gráfica*

Créditos de imágenes: Ilustraciones de Turine Tran.

Library of Congress Cataloging-in-Publication Data

Names: Avery, Logan, author. | Tran, Turine, illustrator.
Title: Amor como la sal / recontado por Logan Avery ; ilustrado por Turine Tran.
Other titles: Love like salt. Spanish
Description: Huntington Beach, CA : Teacher Created Materials, [2020] | Audience: Grades K-1.
Identifiers: LCCN 2019051867 (print) | LCCN 2019051868 (ebook) | ISBN 9780743927970 (paperback) | ISBN 9780743928120 (ebook)
Subjects: LCSH: Spanish language--Readers.
Classification: LCC PC4115 .A7842 2020 (print) | LCC PC4115 (ebook) | DDC 468.6/2--dc23

TCM Teacher Created Materials
5301 Oceanus Drive
Huntington Beach, CA 92649-1030
www.tcmpub.com

ISBN 978-0-7439-2797-0

Printed in China
51497